————— 2006년 겨울 원광대 교정에서.

1973년 어머니 박재홍 여사와 함께.

1985년 조선대 불문과 재직 시절
프랑스에서.

1992년 12월 24일 군산제일고에서 치러진
고(故) 이광웅 시인 영결식에서 고은 시인과 함께.

심호택 시집
하늘밥도둑
출판기념회
1993. 3. 13.

1993년 3월 첫시집 『하늘밥도둑』 출판기념회에서.

1994년 1월 전북민족문학인협의회 총회 준비를 위한 모임에서.
오른쪽 네번째가 심호택 시인.

1995년 미국 워싱턴대학교 방문교수 시절 가족과 함께.

1995년 미국에서 마종기 시인과 함께.

2001년 10월 영월에서 열린 제1회 난고상(이동순 수상) 시상식을 마치고.
왼쪽부터 이동순, 고형렬, 신경림, 심호택.

2003년 10월 고은 시비 제막식에서. 뒷줄 오른쪽에서 세번째가 심호택 시인.

2008년 부인과 함께.

1990년대 중반 연구실에서.

겨울편지

심호택

아픈 건 그럭저럭 나았소
올해도 김장 몇 도기 담갔소

사랑이여
당신이 시를 그놈석 타카는
시룰껌 수도덮드가 읽게 되었소

원수리
시편

원수리 시편

심호택 유고시집

시편

창비

차 례

제1부

할미새

쌀 떨어진 딸네 집
양식 물어다 주고
쉬엄쉬엄 돌아가는 길인가
우리 할머니
부엌 창문 콕콕 두드리다
알은체해주니 오히려 날아간다
찔레덤불 속인지
외딴 절인지
간 곳은 알 수 없어도
까마종이 두 알
글썽한 눈매
남기고 가셨다

개옻나무

진달래나 고사리 꺾으러
산길 오르내리다
때죽나무 가지 따위 걸리적거리면
무심한 농부처럼 황새목낫으로
사정없이 쳐버릴 줄도 알게 되었으니
나도 예전의 내가 아니지만
그러는 중에도 간혹
내 앞에 귀찮게 얼씬거리는 개옻나무 하나
큰마음 먹고 놓아두면서
이다음 가을이 많이 깊어졌을 때
누군가 근처를 지나다가
단풍이 곱기도 하다고
주홍빛 물든 그 이파리들 앞에
잠시 발길 멈추게 되기를
바라는 일도 있는 것이다

산보 또는 포획

대숲 아래 냉이 소굴에서
사내가 어슬렁거린다
뭔가 찾는 것이라도 있다는 듯
주위를 살피다 얼른 한번씩
몸을 숙였다 일어난다
솔개가 병아리를 낚아채듯
그러고는 이내 어슬렁
산보하는 자세로 돌아가므로
손에 든 것만 없다면 그는 조금도
그 무엇을 하는 사람이 아니다
꽃샘바람 드센 날
솔개였다가 산보객이었다가
손에 칼만 없다면 조금도
그 무엇을 하는 사람이 아니게
다소간 거북하고
얼마간은 집요하게
엉거주춤 냉이를 캐면서
그는 이렇게 생각할지도 모른다

자기가 무엇을 하고 있는지
알 사람은 없을 거라고

새 이웃

이사할 집 둘러볼 때
그가 와서 물었다
술냄새 약간 풍기면서
이번에 새로 이사올 분이냐고

이삿짐 내리는데
그가 와서 또 물었다
술냄새 여전한 채
이번에 새로 이사온 분이냐고

그렇습니다
맞습니다
두 번 다 공손히 대답했건만
이 양반 그다음부터는
말끝마다 죄송하단다

농사는 귀신 뺨친다던데
귀신이고 산신령이고

바라건대 그놈의 죄송 타령이나
어느날 산밭 가는 날
똥장군에 담아다 버렸으면

산삼을 찾아서

가파른 진안군 피암목재
조심조심 올라서니
운동장 같은 주차장이 나온다
마음을 비우라기에
비워지는 데까지 비우고
배낭 메고 호미 들고
운장산 들머리 샅샅이 뒤졌으나
도라지 한포기 보이지 않는다
벼르던 산삼은커녕
아니 일행들이 지레 먼저 포기했나
가져간 김밥과 제육볶음과
소주에만 마음들이 팔려 있다
철부지가 따로 없지
싱거운 영감들
산삼은 다시없는 영물이라
욕심을 버려야 비로소 보인다고
잡았던 배암도 놓아준 끝이다
오늘의 기쁨은 다만

걸음아 날 살려라 줄행랑친

진안 까치독사의 것일 뿐

자비의 품 안에서

어쩌다 가보는 산골 성당
낯선 할머니들 틈에
개밥에 도토리로 끼어 있을 때
이웃의 아내를 탐내지 말라는
말씀은 왜 떠오르나

패륜으로 내놓은 옛 시인 베를레느
제 어미의 팔을 비틀고
아내의 머리에 불도 지르고
술집과 구호병원 떠돌다
아내 아닌 여자의 거처에서 숨진다

종부성사도 무엇도 다 놓친
정월의 차가운 타일 바닥
신부가 와보고는 그러나 말한다
망자는 가톨릭이라고
다시 말해 구원받았다고

먼 나라 법국에서 날아온
이 소문이 사실이라면
듣던 중 반가운 한소식이구나
누구라도 그 시인보다
한술 더 뜨기는 어려우니

한식구

친구가 귀한 거라며 갖다준 어린 풍산개는 마당에 풀어 놓자 수선화 한 송이를 따먹고 사흘 동안 앓다가 죽었다. 이어서 임실 구수골에서 얻어온 아기 진돗개는 차에서 내리자 살아 있는 거미와 마른 지렁이를 삼키고도 멀쩡했다. 우리가 구수라고 부르면서 아직도 키우고 있는 놈이 그놈이다. 누구는 집터 탓이라지만 어차피 개고양이 같은 짐승도 자기 몫의 명을 타고나는 법이겠지. 녀석은 어릴 적 한때 자신의 배설물을 먹는 바람에 명아주 막대기가 부러지게 매를 맞은 이력이 있다. 그러면서도 쓰다 달다 한마디 없었으니 멍청한 것인지 무던한 것인지. 제때 교육은 못 시켰으나 제 혼자 힘으로 애꿎은 족제비와 뒷산 고라니를 잡기도 했다. 이제 우리는 녀석이 짖는 소리를 듣고 지나가는 행인인지 찾아온 손님인지 분별한다. 녀석이 그중 좋아하는 것은 명절 때 나타나는 동네 꼬마들이고 제일 증오하는 것은 개나 염소를 산다며 마을을 순례하는 개장수 차다. 녀석은 또 앞뒷집을 제집 드나들듯 하는 택배 자동차가 못내 수상쩍은 눈치다. 그게 무엇이든 집에서 물건을 내가는 꼴은 봐줄 수 없다는 것인지. 우리 식구 중에는 심지어 녀석이 밥을 안 먹으면 자기도 밥맛이 없고 녀석이 아프면 자기도 아프다는 사람도 있다.

또다른 식구

가랑잎처럼이나 가볍고
칼날마냥 앙상하게 등뼈가 만져지는
검불 같은 고양이
우리집에 흘러들었네
어미가 보고 싶은지
아픈 데가 있는 것인지
녀석은 줄곧 야옹야옹 울다가
그쳤다가 밥 한입 먹고 나서
사람의 얼굴을 빤히 올려다보며
다시 울고 그러네
녀석이 울음을 밥과 함께 깨물면
입안에서 깨어진 울음소리가
어미를 찾는 소리만 같아
지켜보고 있기 안됐지만
한 이틀 기다리면 나아지지 않겠나
크게 걱정할 건 없겠지
가랑잎처럼이나 가볍고
검불만큼이나 앙상한 우리 고양이

어서 자라 날랜 사냥꾼 되기를

나는 속으로 은근히

얼마쯤 다급히 기다리네

새포아풀

징헌 놈
독헌 놈
그게 본명은 아닐 테고

고경식 식물도감 한참 뒤져
겨우 알아냈다
새포아풀

한때는 싸워도 보았으나
이제는 너에게 두 손 다 들었다
누구는 귀띔하기를
골프장을 밝히는 놈이라고

이름도 어렵다는
새포아풀
실컷 일러주고 다음날이면
할머니는 또 잊었단다

닭장

건방지고 음탕한 수탉은
물을 떠다주면 발부터 씻는다

녀석이 물그릇에 발을 넣고
장군마냥 버티고 서서
모이 가져온 주인 사내의 등짝을 노리면
사내는 머뭇머뭇
수라상 놓고 물러가는 나인처럼
뒷걸음질해야만 되는데

그러는 자신의 모습이
정이나 우습고 한심하면
사내는 속으로 되뇌어보는 것이다
"모래야 나는 얼마큼 적으냐"고
한때 서울 마포에서
닭을 키웠던 시인*의 탄식을

* 김수영(金洙暎).

원수제[*]

환자는 담담한 기색이다
신장투석을 해보았자
상태가 호전되기 어려울 거라고
의사가 말했다며

고기는 물지 않는다
낚시가방은 고래같이 장한데
몸 아픈 한량에겐 피라미 한 마리
일없다는 것인지

꺼질 거라던 생명의 불꽃
언제 꺼질 거냐고
만나면 우스개를 일삼던 친구도
오늘은 입질이 뜸하다

과자라도 씹으면서 좀더
지켜보자는 저수지
물풀 속 어디선가 황소개구리가

파이프오르간의 D를 누른다

* 전북 익산시 여산면 원수리에 있는 저수지.

밀을 거두며

수십년 만에 낫을 들고
밀을 베어보다니
술 담글 궁리도 궁리지만
옛날 황아무개네 방앗간 생각난다
칠팔월 달구지들 줄지어
마을을 돌면서 밀을 실어가면
한 이틀 있다가 호밀가루
조선밀가루 돌아왔지
양키들 비옷을 뜯어 만든
우리네 밀자루는 표시가 났던가
햇병아리 우는 것마냥 삐악거리던
바퀴소리랑 들리는 듯
정자나무 하나 없는 간사짓벌
하굣길 조무래기들마저 태우고
불볕 아래 채찍을 맞던
누렁소에게도 평화 있기를

신농법

아홉살 적부터 농사지었다는
어떤 소견머리는 말하기를
걱정도 말어
염려도 말어
밀타작 그까짓 거
아스팔트 위에 밀단을 깔아놓고
자동차로 서너 번 지나가면 된다 하고
또 어떤 소견머리는
그 말 곧이곧대로
길바닥에 밀단을 고루 펴놓고
자동차로 왔다갔다해보고

그러면서 사람은 배우는 것이다
나이 칠십이든 팔십이든
세상사 말 같지 않다는 것을

방앗간 가서

면소재지 방앗간으로
고추와 누룩 빻으러 가서
고추와 누룩이 빻아지기 기다리며
나는 귀기울여 듣는다
심심하지 말라고

내외가 고사리 꺾으러 가서
골짜기에서 헤어졌다 변을 당했다는
게다가 무슨 짐승의 소행인지
여자의 간을 꺼내갔다는
그런 무서운 이야기

이윽고 방아가 끝나
고춧가루 누룩가루 담으면서
나는 한마디 더 듣는다
두 내외 산에 가면 떨어지지 말고
꼭 붙어다니라는

그리고 개와 비슷한데
개는 아닌 짐승을 조심하라는
그런 유익한 충고

오골계도 키우다

닭을 키우면서 두어 마리
오골계도 키우면 나쁠 게 뭔가
저희끼리 적이었다가
이내 다정한 동지였다가
철부지 새각시처럼 노니는 그것들 곁에
새삼 다가가 슬그머니
굽어다보기를 나는 즐기네
머잖아 수탉하고 관계도 할 겁니다
삼례 닭집 주인은 귀띔했으나
아직은 두고 볼 일이지
암탉들 핍박에 쫓기기도 바쁜 터이니
부리에서 발톱까지 까만 그것들
지켜보고 있을라치면
두충나무 잎에 듣는 빗소리마냥
뭐라 뭐라 구시렁구시렁 투정하다가
가끔 한번씩 부서진 오보에 소리
사람 마음 제법 건들기도 하지
지금 당장은 아닐지라도

조금 후에는 암탉한테 혼날지도 몰라
안심할 수 없다는 것인지
괜시리 쓰잘데없이 겁 많고 부끄럼 타는
암컷 오골계 두어 마리
놀부네 헛간 같은 닭장에 두고
들여다보기를 나는 즐기네

복날

술잔치 벌어진 회관 뜰에
첫가을 놋주발 소리 울린다

잔디밭에 더부살이하는
방동사니 샛노란 빛깔이며

늙은 모과나무 우듬지께
떠도는 고추잠자리 편대며

복날은 왔다 붕어알처럼
뱃속 가득 가을을 품고서

문 닫은 학교

팔월이 오면 먼저
고구마순 김치를 담그자

시큼한 도시락 싸들고
서늘한 나무교실 찾아가자

철없는 삼사학년
쓸쓸한 오륙학년으로

인적 없는 운동장에서
쓰르라미의 노래를 듣자

리반클립[*]

혼자 뭐라고 중얼거리며
서부총잡이 지나가네
검은 콧수염과 챙 넓은 모자와
매서운 눈빛의 주인으로
알 수 없는 누군가를 나무라며
느릿느릿 그러나 틀림없는 소걸음으로
리반클립이 지나가네
장화를 신고 삽을 메었으나
저 사람은 별로 하는 일이 없는 사람
나는 그렇게 들었네
논에서 일하는 마누라를
논두렁에 앉아서 꾸짖는 일이
그의 중요한 일과라고
또 하루의 엄숙한 일과를 위해
그가 내 집 앞을 천천히 지나갈 때
나는 마음 쓸 까닭이 없어
다만 이렇게나 생각하지
리반클립이 오늘도

제 할 일을 하러 가는구나

* 정확히는 리 밴 클리프(Lee van Cleef, 1925~89). 60년대 서부영
  화에 자주 출연했던 미국 배우.

까치할매

이른 아침 언니네 집
대문간에 와서 떠드는

심술궂은 날씨와
고약한 인심과
고추농사의 장래를 말하는

고샅길에서 만나더라도
까치, 어디 가는가!
라고 수작을 건넬 수는 없는

그런 늙은 까치 하나
마을에 사는 줄 이심전심
우리 내외는 알지요

건너말 까치네 사촌들
어치, 때까치는 모르지요

선생의 형님

모르는 것 없으면
그게 선생인데
농부는 사양한다
국졸이라 선생 자격 없다고

형님으로 모신다니
그는 한자랑이다
혀가 곧을 때나 꼬부라졌을 때나
아 글쎄!
개울 건너 선생님이 자기를
형님으로 부른다고

이날까지 육십 평생
자기가 이렇게 대단한 줄
처음 알았다고

염불소리

깨를 팔러 가시든
고택골로 가시든
가시란 말은 죽으란 말인데

어떤 아낙은 입만 열면
어서 가셔야지
어서 가셔야지
스스럼없이도 주워섬긴다

사내코빼기 귀하다지만
우리 동네 고주망태 영감탱이들
하루속히 가셔야 한다고

칠십이면 좀 이른가?
아니여
괜찮어
섭섭하다 싶을 때 가셔야 혀

적선하는 셈 치고
아자씨들 얼른 가셔야
아줌니들 세상 편해진다고

밀고

고추나 널어 말리는 곳이다
물어갈 것도 없는 곳이다

길눈 어두운 새 한 마리
그냥 보내주면 어때서
여기, 하우스에 산비둘기 있네—
동네방네 떠들어놓고

얼씨구나! 술꾼 영감 다녀간 뒤
두고두고 짠한 게
왕소금 집어먹은 속이다

옛날 전라도 순창 피로리
관가에 녹두장군 고해바쳤다는
장군의 부하 김경천*이……

* 전봉준 장군의 부하. 우금치 전투에서 패한 장군이 전라도 순창
  피로리 산골에 숨어 뒷일을 도모할 때 이를 밀고하여 1894년 12
  월 2일 체포되게 했다.

뒷집으로 빌러 가다

우리집에 폐 끼치는 은행나무
미안해서 베겠다는 뒷집으로
나는 빌러 간다

자기네 나무 자기가 베겠다는
뒷집에 가서 내가 할 일은
미안해할 까닭 없다고 설득하는 일이다

당신네 나무가 우리집 뒤뜰에
여름내 그늘 드리우는 것
가으내 이파리 떨구는 것
구린내 풍기며 은행열매 쏟아놓는 것
다 괜찮으니 눈곱만치도
괘념치 말라고 부탁하는 일

그리하여, 앞뒷집 사이에서
떨고 있을지 모르는 저 늙은 나무
살려주십사 사정하는 일이다

뒷산 너머를 생각함

뒷산 너머 가람(嘉藍) 선생 댁은
겸손하게 당호가 수우재(守愚齋)다
어찌 보면 오만인 것을
모를 테면 모르라는 선비의 능청인지
난초는 몰라도 벗과 술의 즐거움
그 누가 모르겠나
장삼이사도 알 만큼은 아는 것
육이오 뒤 어려울 때
미당이 겉보리 서 말에 조선대학 있을 때
가람도 두루마기 휘적휘적
원광대학 나다녔다
어눌한 양반이라 말문 터지려면
괴춤에서 소주병 꺼내야 했다
말씀 중에 요기하시라고
학장이 강의실에 들여놓은 막걸리 동이
휘휘 저어 두어 사발 기울이면
콧수염도 무덤덤히 젖었겠지
그런데 알 수 없는 일이다

바보를 고수하려던 이의 뒷사람으로
나는 어쩌다 수우재 근처로 와서
이런 옛일 더듬으면 달갑고
남의 일 같지 않게 즐거운 것인지

가을을 앞당긴 사내

칠석 지나 백중 무렵
자기네 텃논에 때아닌 가을을
불러들인 농부가 있다

약을 잘못 써 멀쩡한 벼를
치잣물에 넣었다 꺼낸 그 사람은
그까짓 망친 농사보다
수군거리는 이웃들 손가락질이 무서워
집을 나갈까 약을 먹을까
머리 싸매고 누워 있고

그 집 사립문 바깥에는
너무 일찍 와서 염치없는 가을이
노란 치마를 입고 해종일
고개 숙이고 서 있는데

나 같은 무심한 이웃은
며칠 그러다 말겠지

다음에 만나면 술이나 한잔하지
그러면서 두고만 보는 것이고
그러자니 미안한 것이다

은밀한 당부

시암골 경로당 할머니들
주전부리 사드시라고
아내가 얼마쯤 드리고 옵니다

그곳 최고령자
눈치꾸러기 할머니가 아장아장
지팡이 짚고 쫓아옵니다
볼일이 있었습니다

말 좀 혀줘!
저 못된 할망구들헌티
아까 그 돈
나헌티 잘허라고 준 거라고

대졸 트럭

고구마 캐는 젊은것이
신작로 한복판에 세워둔

열 가마니 스무 가마니
다 캐기 전에는 못 떠난다고
온종일 버티고 서 있는

비키라고 손짓하면
으르렁거리며 쫓아오는

알고 보니 그것은
대학교를 졸업한 트럭이라
건들면 안되는 물건이었다

물봉선이

싸가지 없는 아무개놈
속으로 욕하며 걷는 산길
바보여뀌 널려 있고
물봉선이 피어 있네
나밖에 볼 사람도 없는걸
시월이면 지고 말걸
빨간 물봉선이는, 아니
보라색 물봉선이는 뭐하러
저리도 곱게 피어 있나
여뀌는 또 무엇이 즐거워
저리도 깨가 쏟아지나

쑥고개 이야기

지난날 전라도 금마 여산 왕궁 삼개면 숯쟁이들이 숯을 지고 넘었다는 숯고개는, 세월이 가면서 지명도 바뀌어 쑥고개로 부르게 되었다고 한다.

쑥고개 좁은 길을 넓히면서 사람들이 전에 없던 굴을 만든 것은, 산짐승들이 양쪽 산을 오갈 때 위험한 찻길 대신 터널 지붕 위로 다니라는 것이었다.

이와 같은 갸륵한 배려를 짐승들도 헤아릴 줄 알았던지, 산이 깊어 노루도 멧돼지도 살고 있으련만 아직까지 이렇다 할 험한 소식은 들리지 않는다.

이따금 산고양이들이 차에 치여 인간의 성의를 무색게 하지만, 세상에서 자기가 제일 빠르다고 믿는다는 동물의 자만까지 말리기는 어려운 노릇이다.

시월도 다 간 어느날

시월도 다 간 어느날이었다
가을도 깊을 만큼 깊어진 날이었다
장군귀뚜라미가 베란다에 와서
얼마나 크게 울었던지
이게 어느 방 자명종 소리냐고
식구들이 다 깨어 법석을 떨었던
그런 일이 있은 뒤였다
단풍 소식도 요란한 주말
나는 동무도 없이 방바닥에 귀를 대고
뒹굴며 시간을 죽이는데
전화가 왔다 뜻밖에도
신선생 현선생이 등산길 부안에서
머루술을 들다가 내 생각이 났다고
어찌 지내나 마음고생은 없나
말하자면 위로의 말씀인데
고맙지 않은가 머리가 허예가지구
맨날 고향집 싸리울에 어쩌구
애들 같은 노래 일삼아 부르지만

마음은 가을 내변산의 마음이 아닌가
너무 취하면 곤란해
조금만 더 있다 자리를 뜬다는 것
장군귀뚜라미도 진작 떠나가고
가을도 깊을 만큼 깊어진
시월도 다 간 어느날이었다

곶감을 깎다

상강이 코앞에 다가오자
사내는 감을 딴다
까치 몫으로 스무 개쯤 남긴다
올해는 장마가 길었던 탓에
성한 놈이 드물구나
내외가 마주 앉아 곶감을 깎는데
여자는 주근깨를 도리자 하고
사내는 괜찮다고 우긴다
알짱대는 나나니벌 쫓으면서
아니여
주근깨 있는 놈이 맛있는 법이여
근거없는 말 늘어놓다가
기어이 한술 더 떠
주근깨 있는 여자 얘기 꺼낸다
가만있으면 중간은 갈걸
덕분에 된서리를 맞고
곶감처럼 얼굴이 깎인다

닭을 없애다

내 집에서 키우던 닭은 잡을 수 없다는 게 아내의 생각이다. 콩나물대가리 멸치대가리를 들고 가면 지레 알고 쪼르르 달려오던 모습이 눈에 밟힌다는 것이다. 듣고 보니 그럴싸한 말인지라 친구들이 와서 모처럼 한 마리 잡았을 때는 나도 덩달아 입맛이 없었다. 닭은 그렇다 치고 계란도 뭐 들판 건너 농장에서 가끔 한번씩 사오면 되지. 대여섯 마리 남은 걸 뒷산 살쾡이가 두어 마리 축내고 나니 말이 양계지 키우는 둥 마는 둥 귀찮기만 하던 참이었다. 아끼던 토종 수탉은 팔뚝만한 칡뿌리 캐어다준 동네 총각한테 선물하고 알이나 가끔 얻어먹던 오골계는 앞집 닭장에 넣어주고 손을 털었다. 족제비 구멍을 일일이 틀어막아 탄탄하고 아담한 닭장이 하루아침에 텅 비어 반은 시원하고 나머지는 서운하다. 언젠가 다시 키울지도 모르니 헐지는 말고 당분간 헛간으로 쓰면서 마늘과 시래기를 걸어둬야지. 달걀 도둑 까치들 때문에 씌워놓은 그물지붕 위에는 울긋불긋 늦가을 감나무 잎이나 수북이 쌓이겠지.

상강 무렵

주인은 어디 갔나
형님, 형님, 불러도 인기척 없고
마당에 늦벌들 날아다닌다

이 집마저 마을을 뜨면
수크령 어욱새가 산길을 먹을 테고
회문산 깊은 골짝
산소에 드나들 일 막막하다

막막할 따름인데
웬 숨넘어갈 듯 까무러치는 소리는
아이놈이 한방 쏘였다는 것

괜찮다
꿀벌한테 한번 쏘여본 적도 없는
사람 노릇이 더 우습고말고

새파란 하늘 올려다볼 때

저기 산비탈 흔들며
반가운 경운기 소리 다가온다

즐거운 입원

다리가 금갔다는 영감은
생각했던 것보다 멀쩡하다

식당일 작파하고 달려온
마누라도 심드렁한 낯빛이다

경운기 사고 한두번인가
방죽에서도 살아서 나왔는데

휠체어 운전이야 우습고
왔다갔다 말참견도 즐겁네

미끄러진 김에 쉬어가세
기운 차려 또 술 먹어야지

산중문답

산에서 내려오다 첫 집
혼자 사는 할머니가 문간에서
감잎을 쓸고 있다

힘든데 놔두지 그러세요
실컷 쓸어놓으면 또 떨어질 것을
과객이 한말씀

그래도 꼼지락거려봐야지요
떨어지고 또 떨어지고 그럴망정
주인도 한말씀

싱겁디싱거운 이야기
그러나 없을 수 없는 이야기
두 사람 사이에 오간다

코스모스를 태우며

무슨 촬영 쎄트가 들어와서
마을이 관광지 비슷해져
연일 차들이 들랑거리던 지난가을이었다
그깟 농가 주택이 별거라고
우리집 코스모스를 배경 삼아
사진을 찍는 일가족 식구들도 있었다
하루는 거기 차를 세워놓고
너무 많이 꽃을 꺾는 사내가 있었다
그만 꺾어요, 말리자
꺾으면 어때요, 하도 당당해서
이놈 저놈 소리 들먹였다
화해는 했으나 그 또한 후회할 일
찾아오는 사람도 갈수록 줄고
초겨울이 와서 이제 아무것도 아니게 된
코스모스의 초라한 해골인
마른 줄기와 씨앗을 태우자니
불길도 불길이지만 얼굴이 뜨겁다
아비가 가져올 꽃다발

차에서 기다리던 그 집 어린 딸의
까만 눈망울이 어른거린다

기러기 한떼

기러기 한떼 왁자지껄
산골집 마당 가로질러가면서
색다른 외마디소리
한두 마디 떨어뜨리네

어서 가자는 재촉인지
배고프다는 투정인지
웬만해서는 나서지 아니하는
늙은 개가 궁금하다네

가을걷이 끝난 뒤

가을걷이 끝난 뒤
초저녁 바람 스산한데

—너는 누구?
—어디서 굴러온 놈?

아직 소년인 고양이가
나그네 가랑잎을 다그친다

부엌에선 가소롭다고
들깨 대궁 타는 소리

밤손님

늦은 밤 닭서리며
질겨 못 먹는 거위서리
사라진 지 오래다
집어갈 것 없는
외진 마을에
여간해 밤손님도 오지 않는다
다만
눈 쌓인 아침 마당엔
종종종
조그만 붉은 발 빠지면서
양식 구하러 쏘다닌
쥐 발자국 몇줄

고양잇과

보호동물 명색인데
호시탐탐 닭을 노리는 걸
살려보낼 턱이 있나

불쌍하지 않으냐 하면
불상은 절에 가서 찾으라며
무심한 농부는

겨울밤 친구를 불러
삵의 고기를 나누면서
몸보신에 다시없는 약이란다

호랑이가 그중 낫지만
구할 수 없는 대신
이게 그 사촌뻘은 된다고

술이 생기다

눈보라 치는 다저녁때
자동차 태워드린 할머니가
술을 들고 오셨다

이러시면 안되는데……
하면서 받는다
베푸시는 기쁨도 있으리고

허리와 다리 아프면서
한나절 품은 팔아야
맛볼 수 있는 그런 기쁨

은퇴

군산 해망동 어판장에서
조기며 도다리며 비린 것 구해다
수돗가에 앉아 주무르면
삼동에도 어찌들 알고
여산면 파리들이 다 모이곤 했었지
쉬파리 쇠파리 말고도 무슨
처음 보는 기생벌까지 나타나
라이터용 수철 같은 아랫도리 바르르 떨면서
내 어설픈 솜씨 엿보기도 했는데
귀찮은 대로 재미가 쏠쏠하던
그런 일도 이제 끝났다
갖가지 생선 철따라 구해주던
친구가 마침내 그만둔다니
장부책 들여다보면 눈이 침침하고
얼마요, 소리는 헛들리고
자기도 늙었다니 어쩌겠나
우리집 생선잔치 객쩍은 불청객
여산면 파리들도 그러면 안녕!

문병

바람소리
눈먼 겨울비의 지팡이 소리
저런 것들이 마음을 달래주다니
없는 형보다 낫구나

수술 뒤 마취 풀릴 때
사람 죽겠는데 친구가 왔다

교통사고란 무엇인가
보험이란 무엇인가
한바탕 강의 끝에
여자친구 하나 구해달라고 한다

모처럼 즐겁구나
이런 녀석이 내 친구라니

함께 걷는 길

너 같은 말썽쟁이는
마누라 그림자도 밟지 말아라

건너편 숲속 딱따구리
떡갈나무 둥치 두드리면

알았다 염려 말아라
사내 혼자서 속으로 대답한다

도깨비 하나씩 앞세우고
사부작사부작
아랫말 저수지 들러 오는 밤

겨울 편지

아픈 건 그럭저럭 나았소
올해도 김장 몇포기 담갔소

사랑이여
당신이 사준 고동색 파카는
시골집 수도펌프가 입게 되었소

제2부

등꽃마당의 기억

길어야 석 달이라 했습니다
큰형이 남긴 일점혈육
여섯 살 손아래 장조카 일입니다
처음 가본 인천 길병원
환자의 배에다 손을 얹어보니
딱딱한 것이 만져집니다
정신력을 북돋우자고
나는 이런 말을 해준 것 같습니다
아버지는 스물셋에 갔는데
너는 그래도 오십을 넘겼구나
지금도 모릅니다
그게 잘한 말인지
그 아이는 두 눈만 껌벅일 뿐
아무런 대답이 없었습니다
나도 더이상 할 말이 없었습니다
우리들 함께 자란 고향집
등꽃 핀 사랑마당에서
그 아이의 노리끼리한 상고머리
쥐어박던 일이 떠올랐습니다

수많은 저녁 중에

내 생애의 수많은 저녁 중에
가장 포근했던 한때는
샐녘인지 저물녘인지 분간 못하게
뿌옇고 어렴풋한 미명이었다

"어서 밥 먹고 학교 가거라"
잠결에 들려오던 식구들 말소리가
한바탕 웃음 끝에
거짓말로 되는 순간이었다

낮잠 자는 아이를 놀리자고
누군가 일부러 지어낸 말인 줄을
알아차린 그다음
시간이 많이도 생겨서
부자가 된 듯한 동안이었다

꺼꾸리

그는 감당 못할 완력가였다
선생님만 없으면 나는 그의 밥이었다
걸핏하면 훅 한방
세번째 단추께 명치를 내지르면
나는 배를 움키고 주저앉았다
아버지의 유품 청진기도
사실은 녀석에게 갖다바쳤다
집에서는 애매한 사람 의심했지만
나는 모르는 체 다만
언젠가 복수하고 싶었다

이십년 뒤 서울에서
벼르던 그 녀석을 우연히 만났다
굴뚝 속 같은 골방에
송장이 다 된 어머니를 눕혀놓고
막일을 다니고 있었다
내 신세가 이렇게 되었네
노름으로 고향 논밭 날아간 이야기

잠자코 귀기울여 들어주었다
답십리 굴다리 근처
어느 허름한 대폿집이었다

이한 아저씨

할아버지더러 외숙이라는
신사가 찾아왔다 때로는
우리집에서 여름이나 겨울을 났다
누구냐 하면 북청에서
이준 열사 형님네 며느리가 된
우리 대고모의 아드님
나는 복잡하게 설명 않고
그가 바로 열사의 손자라고 떠들어
동네 아이들 부러움을 샀다

저놈의 한량이 또 왔구나
어머니는 그를 식충이로 여겼지만
무엇을 꿈꾸고 있었던가
넓은 이마에 눈빛이 이글거리는
그러나 따뜻한 사내였다
끝없는 만주 시베리아 들려주다가
아저씨, 톰방톰방!
내가 개울로 멱 감으러 가자면

기쁜 기색일랑 감추고
못 이기는 체 따라나섰다

나는 북청을 꿈꾼다

무스거 하느냐!
그 말 한마디 떨어지면
나는 꼼짝없이 꼴 베러 가야 한다
연날리기 작파하고 들어와
명심보감 읽어야 한다

한아바이는 북청 태생
물장수도 아닌, 그보다 나을 것도 없는
찬바람만 지고 내려온 사내
행여라도
북으로 가는 구름장 보면서
거기서는 무스거들 하고 있나!
그런 내색일랑 없다

대갈빼기를 마스겠다는 호통소리
다만 들으면서 나는 자란다
한애비는 꾸짖고
손자놈은 쥐구멍을 찾자고

우리는 세상에 온 건가

북관에서 수천리
전라도 회문산 골짜기로 그는 돌아가고
나는 아직 살아서 옛날
동네 철모르장이들 흩어지게 하던
그 무스거!와 함께
도라짓빛 북청 하늘을
얼핏 넘보기도 하는 것이다

솜리정거장

당나귀 귀치레하듯
익산은 정거장만 우람했다
한때는 이리역
누구에겐 솜리*정거장

19세기 북관 태생 우리 할머니는
함열 딸네 집 갈 때면
여기서 노리까이* 기다렸다
고쟁이도 몸뻬*도 아닌
수상한 나들이옷 입고 있었다
기다리다 심심하면
대합실 우왕좌왕
이 여자 저 여자 붙들고 물었다
"당신은 왜 몸뻬를 아니 입었소?"
그러다 머퉁이 먹었다
"흥, 자기는 몸뻬 입었남!"

저쪽이나 이쪽이나 어차피

식민지 아낙일 뿐이었다

* 익산시의 옛 이름.
* 차를 바꿔 타는 것.
* 여성용 바지의 일종. 왜정 말기 한때 착용이 강요되었다.

완력에 대하여

붙잡고 늘어질 끄덩이도 없는
머시매끼리 한판 붙을 때
단 한방에 상대의 코피를 터친 놈
그게 바로 완력 센 놈이었다
아이들이 픽도 동경하던
완력이란 이렇게 주먹심이건만
그걸 모르는 사람 중에
우리 당숙모가 있었다
가르치지도 못할 걸 왜 낳았느냐고
큰딸이 마구 포악을 부리자
그녀는 태연자약
힘 안 들이고 대꾸하는 거였다
내가 너를 낳고 싶어 낳았냐
느 아부지 완력으로 그리되았다

할(喝)

나잇살 먹은 해오라기와
대학로 걸어가는데
두 눈 달렸다고 볼 것은 다 본다
피라미 미꾸리 각시붕어
무심한 저 고기를 여어 무삼 하려는다?
싶어서 동행은 묻는다
선생님은 아직도 붕어가 좋습니까?

늙은 새는 가소로운 듯
한참 있다 대꾸하기를
그렇다
나는 죽는 그날까지다
아직 안 죽었다고 목구멍 끼룩거리다가
마침내 꼴깍 숨넘어가는
바로 그때까지다

잡았던 고기

광복절 무렵 고향에서
망둥어를 낚던 날이었다
그물망이 성글었던지
잡아놓은 것들 태반이 달아났는데
성품이 느긋한 후배는
다 자기들 복이여
하고 웃었다

함께 맥주를 마시고
우리는 헤어졌다
차를 몰다 단속에 걸렸으나
때마침 저 무슨 측정기라는 물건이
고장이라고들 펄펄 뛰었다
이것도 복인가
고향 포구 탁류 속으로
달아난 물고기들 생각났다

꽃들의 안부

능소화가 능청스레 한곡 뽑으니
듣고 있던 메꽃이
병신 육갑 운운했다고

능소화가 화가 나서
하마터면 메꽃을 메어꽂을 뻔했는데
마침 거기
채송화들 때문에 참았다고

지나가던 바람이 굳이 전해준다
누가 물어봤나
예향 전주의 소식이라고

평창

큰비가 지나간 다음이다
명아주 달개비가 뜰팡에 올라오고
비탈밭엔 감자들이 구르건만
홀로 사는 집주인은 수수방관
두고만 보자는 심산이다
읍내 주막에 내려가서
셀 수도 없이 소주병을 눕혔기로
그만저만해도 좋으련만
집에 가서는 또 다른 것으로
아예 바닥을 보잔다
밤이 이슥도록 이런 술
저런 술을 나누며 지켜본즉
까닭을 모르게 괴로운 짐승만 같은
집주인에게는 간간이 무슨
전화인지 걸려온다
이 밤중에 누구냐고 물은즉
지나가는 바람더러나 들으라는 듯
그는 심드렁히 대답한다

이 나라 원근각지

삼말사초(三末四初)의 여인들!

용강동

늙은 팽나무들 서 있는
백년 가까운 고택

개고양이와 조카들을 돌보며
시집 안 가고 팔십을 넘긴
처고모님 임종이 닥쳤다는 전갈이다

그분의 등에 업혀 자랐다는
아내가 훌쩍이며 챙기는 것은
돈지갑에 옷가지에
어디서 구해왔나 쑥버무리 몇쪽
그분이 즐기는 것이라고

그런가
삼개나루 강둑에서 캐오던 것만
이 나라 쑥은 아닐 테고

나는 나중에나 가볼라는데

하느님,
받아주소서
살아생전 강아지 한번
때린 적 없다는데

백운동길

흰 구름보다 붉은 먼지가
주인 노릇 하던 길
풀벌레 우는 공터 바랭이밭에
늙은 호박 뒹굴고 있었다
주월동 가는 스쿨버스가
쥐꼬리 월급쟁이 선생들을 퍼놓으면
차마 그냥들은 못 가서
꼬막조개 배추꼬리에 보해소주를 축내던
로터리가 그 언저리다
슬픈 전설 같은 '사태의 진상'
어렵사리 얻어듣던 곳
오늘은 바람이 불고, 어쩌고
거나하면 청마를 읊조리던 선배는
진작에 학장 노릇 마쳤고
떠나는 게 상책이라던 옛 동료는
아직 그대로 있다고 한다
더러는 세상을 작파한 이야기
바람에게서 얻어들을 때

이상하다 먼저 그곳이 떠오른다
내 젊은 날 광주 서남쪽
황토먼지 날리던 길

1997년 겨울 해남

대흥사 아래 여관 동네
술 파는 할머니
막걸리와 도토리묵 차려주고
앞치마에 눈물 찍는다

우리 선생님
고생도 징허게 많이 허신 양반
떨어져도 눈물 나고……
되야도 눈물 나고……

김장배추 뽑아 어수선한 밭에
진눈 마른눈 퍼부어쌓는데
말 못하는 진눈깨비도
옳은 말씀이라고

떨어져도 눈물 나고……
되야도 눈물 나고……

태인

예배당 옆에서 할머니가
간판도 없이 국화주를 판다

한 주전자 청해놓고
누가 그런다
술도 좋지만 그보다 더 좋은 건
술상 차리는 달그락 소리
듣고 있는 동안이라고

그동안이 길었던지
곁에서도 한마디
사랑도 좋지만 그보다 더 좋은 건
옷고름 푸는 사르르 소리
듣고 있는 동안이라고

그때 마침내 국화주 나오셨다
시어터진 식초 사촌이셨다

제3부

유월이 오면

유월이 오면 당신은 먼저
장미꽃이 떠오를지 모르지만
나의 유월은 반드시
보리 까끄라기 춤추며 흩날리는
옛집 타작마당을 거쳐서 오지
제비 만나기 전 흥부네같이
골고루 어려운 마을에
경유 내 알곡 내 흥건히 깔리고
보리농사도 없는 집 아이는
예쁜 여벌옷도 없는데
빛나는 일요일은 뭐하러 돌아오나
교복 차림으로 예배당 가는 소녀
옆집 타작마당 기웃거리면
땡볕 아래 일하는 소년
땀범벅 얼굴 더욱 달아오르고
그랬지 나의 유월은
발동기 숨넘어가게 자지러지는
옛집 사랑마당을 거쳐서 오지

와서는 목덜미를 찌르지
그곳, 궁금하지 않으냐고

불효자 이야기

아들이 맨날 애비더러 죽어라, 죽어라, 그랬대유. 쓰잘데없이 오래 살면 죽어서 구렁이가 될 거라고. 아부지 죽고 삼우제 날 아들이 묏동에 갔더래유. 갔더니만, 아 글쎄 거그 구렁이 한 마리가 있더래유. 아들이 작대기로 패 쥑였는디, 자기도 그 자리서 직사를 허더래유. 그렇게 쥑이기는 왜 쥑여―

어느날 목발 짚고 바람 쐬러 나왔다가, 우리 고장 할머니들 나누는 이야기, 그렇게 나는 들었다. 교통사고로 대학병원 입원한 지 두어 달, 엉망으로 다친 곳들이 나아가고 있었다. 혹시 지어낸 말씀이 아닌가, 곁에서 누가 헛되이 물었다. 당신은 맨날 속고만 살았느냐, 할머니가 대번에 되물었다.

앵초 한 포기

늙은 매실나무 아래
앵초 한 포기
내 어린 마음 끌어당겼네

쥐도 새도 목이 타던
어느 가문 날
도랑물 한 모금 떠다주었네

그래서 어쨌느냐고?

별일이야 없었지
도랑 건너 뿔 돋친 매실나무께
바라보면 즐거웠을 뿐

그것도 벌써 옛날
아무튼 그런 일이 있었네

장화

형은 장화를 샀을까
물건이 떨어진 것은 아닐까
두 짝 모두 챙겼을까

낮 한시를 못 기다려
십리 밖 옥구역에 마중 갔으나
군산에서 기차가 오고
형도 왔건만 보따리 속에는
장화가 없었다

눈도 눈도 많이는 와서
세상이 발 시린 날들뿐일 것만 같던
내 생애의 몇번째 겨울이었나

장화를 신고 산꿩마냥
눈밭을 헤집고 쏘다니고 싶었던
내 어린 꿈이 그 거뭇한
철둑길에 주저앉던 그날은

미나리꽝

잔칫날입니다 우물가에서
도야지는 죽는다고 소리지르고
고소한 철질냄새가 집 안팎에
솔솔 떠다닙니다
당숙을 따라온 육촌형이
짐자전거에 나를 태우고
마당을 빙빙 돕니다
올챙이 창자를 그리겠다며
요리조리 재주를 부리다가
어, 어, 하다가 함께 처박힌 곳
그곳은 지금은 없어진
옛집 우물가에 있었습니다

찡그린 나무

서너살 때쯤
신열이 나고
토한 다음
어머니 등에 업혀 바라보니
앞동네 큰 나무가
얼굴을 찡그리고 있었다

나중에 알고 보니
문아무개네 늙은 감나무

두어 마장 떨어진 그 집
심부름 가보기까지
십년 넘게 세월이 걸렸다

오십환

머릿장 빼다지에서 훔친
불그죽죽한 오십환짜리는
제법 쓸모가 있었다

애들하고 콩사탕 박하사탕을 물고
마을로 들어오는데
논바닥에 해오라기마냥 엎드린
어머니와 형이 보였다

논두렁에서 암만 기다려도
알은체하지 않고 귀먹은 중마냥
하던 일만 하고 있었다

답답해서 내가 먼저 말 꺼냈다
공연히 큰 목소리로
내가 안 끄내갔단 말여!
정말 안 끄내갔단 말여!

외사촌형

장손이 쓰러진 막막한 집에
'학원'과 '만화학원'을 사들고 나타난
그는 구원의 천사였지만

고모님이 이렇게 고생을 하셔서야—
감언이설로 논 판 돈을 가져가고
그는 끝내 갚지 않았다

어머니와 서울서 어려울 때
등록금 보태달라고 한번 찾아간즉
내가 살고 난 다음에
고모도 있고 너도 있는 거라고

그런 사람인 줄 알았나
깨끗이 잊고 다시는 찾지 않았다
아직까지 구차한 세상
살아 있다면 칠십이 가까울 터

원기소

오구삼살방이라나 뭐라나
액운을 피하라는 점쟁이 말대로
나 어머니 따라서 잠시
대야라는 마을에 가서 살았다
닷새장이 서는 곳
그나마 대처라고 형편들이 나았던지
영양제를 먹는 아이가 있었다
외톨박이 나를 감싸주던
이중모라는 동무네 집 놀러갔다가
중모야, 원기소 먹어라!
그런 말 처음 듣고 놀랐다
닭 속에 넣은 인삼이며 황기 따위
나도 인연이 없진 않지만
젊은 어머니 손에 그 고소한 걸
받아먹는 아이가 부러웠다

신록단상

수많은 어린이날 중에서
그것은 어느 해 봄이었을까

어린이는 무슨 어린이
선물은 무슨 선물
나는 학교에 안 가는 것만이 행복해서
서늘한 마룻장에 귀를 대고
혼자서 뒹굴고 있었다

얼핏 바라본 미루나무 가지에
사태가 난 듯 무수한
연둣빛 이파리들이 반짝이고 있었다

지금도 그것들은 반짝인다
쉼없이 팔랑거린다
잠시라도 멈출 수가 없다는 듯

그 해맑은 아침나절

논갈이를 하러 온 봉구네 아버지는
소와 쟁기를 세워놓고
풋마늘에 막걸리를 들고 있었다

거래

매미 허물도 한약재다
동네 아이들이 그걸 주워오면
오냐, 애썼다
할아버지가 감초 따위를 나눠주셨다
어쩌다 매미도 아닌 것
땅강아지나
물강구 허물을 가져와도
옜다, 계피 한 주먹
너 또한 수고했다고

지당한 일이었다
까치란 놈 대가리 벗어지게 생긴 날
가시덤불 속 왔다갔다한 헛수고
그것도 수고인 것이다

낙서

군산사범학교 갓 졸업한
탐스러운 처녀 선생 때문에
동네 청년은 날 새면 우리 교실
유리창에 붙어살았지만

4학년짜리는 무슨 수로
애틋한 자기 마음 나타낼 것인가
기껏해야 괴발개발
'배복희 XX'라는 낙서였다

양쪽 뺨 얼얼하게 얻어맞으며
녀석은 그나마 행복했을까
조개탄 난로 꺼져가는
꽁꽁 얼어붙은 그 종례시간

푸름에 대하여

인동녕쿨은 겨울에도 푸르다
거기서 금은화가 핀다
그걸 말리면 한약재
아버지가 안 계셔도 우리집은 끝내
없으면 안되는 한약방이었다
삼학년 때 자연시간
상록식물 아는 대로 열거할 때
소나무 사철나무 애들이 다 말해서
인동녕쿨! 내가 댔더니
여드름쟁이 여선생은 모르고 있었다
그게 뭐다냐?
하고는 무시하고 넘어갔다
젠장!
쓸데도 없는 것을 내가 알고 있었나
창밖에 쏟아지는 눈보라 보면서
답답하고 억울했다
학생이 모르면 가르쳐도
선생이 모르면 도리가 없구나

생각했다 그랬거나 말거나
인동넝쿨은 사시장철 푸르다

청소시간

우리 육학년 나이 든 반장이
대막대기 하나 들고
애들한테 학교 우물물 떠오게 해서
변소청소 시키고 있었다

나 좀 들어갔다 나오자
젊은 여선생이 볼일 보고 나온 뒤
녀석이 문 열어보고
막대기로 더러운 데 톡톡 두드리며
말했다

가시내두 참!
기왕이면 여기다 좀 깔기지!

가정방문

선생님은 너무 자주 왔다
그러나 흉은 아니었다
흉은커녕
그 참 보기 드문 젊은이로구나!
할아버지 칭찬에다
매번 칙사 대접 받았다
계란 찐 것으로 부족하면
계란의 어미가 죽어야 했다

이게 웬 떡이냐 나는
푸짐한 겸상만이 즐거웠으나
뒷날 알고 보니
모두가 우리 누님 때문이었다!
그럼 그렇지
그 화상들이 나에게
편지 심부름 실컷 부려먹고
시치미 떼었던 것이다

느티나무 밑

군산역 광장엔 늘 고만한
느티나무 한 그루 서 있습니다
그 아래서 촌놈 소리 듣던
기차 통학생들 빈둥빈둥
5시 45분 열차 기다렸습니다
나 풋병아리 중학생 때
거기서 엄청난 실수 저질렀습니다
시시한 학교 들어간 아이더러
꼴좋다!고 말한 것입니다
속 좋은 그는 웃어넘겼지만
누님이 나를 호되게 나무랐습니다
누님은 말했습니다
니가 세상을 몰라서 그렇지
그건 엄청난 말이라고
경우에 따라 주먹다짐도
칼부림도 일어날 수 있다고

새벽 제사

눈이 시고 하품이 쏟아졌다
바람벽에 너울거리는 도포자락
괴물 같은 그림자는
심란한 구경거리였다

술 한잔 부어놓고
꿇어앉아 축 읽으면 끝나는 것
자기들끼리 할 일이지
어린것 단잠 깨워 반드시 절 시켰다

어쩌면 그리도 길었던가
귀신들 안심하고 잡수시라고
짹소리 못하고 마루에 나와 서서
기다리던 그 동안은

먼동 틀 생각 없는 앞산 위에
별들만 초롱초롱하면서

신문기자

겨울에는 여섯시도 어둡다
있으나 마나 한 전등불
그것마저 나가버린 캄캄한 기차였다
더러는 앉고 더러는 서서
우리는 흔들리며 가고 있었다

저쪽 어디선가 이놈 저놈,
차장을 다그치는 소리가 들렸다
뭐냐 하면 교통부에서
나라의 새싹들을 깔본다는 것
불을 켜야 학생들이 공부할 게 아니냐!
여기서 대통령이 나올지 누가 아느냐!
그 큰소리와 삿대질
차장은 말없이 당하고 있었다

저 사람이 바로 기자라고
누군가 수군거릴 때
신문기자 무서운 걸 처음 알면서

나는 그가 부러웠으나
한편으론 착잡했다
기자보다 더욱 힘센 강자도
세상엔 있을 것이었다

한글 연습

까막눈이나 면했을까 말까
연기로 그을린 우리집 부엌문에
곱돌로 내가 써놓은
'부엌' 두 글자는 남아 있나?

일학년 때 선생님 대신
교실에 들어와 쩔쩔매던 아저씨는
참말로 글을 몰라
'송아지 송아지'도 못 읽었나?

노름방에 화투짝 날듯
수십년이 휭, 하고 날아갔구나

내가 잘못 그려놓은 글자
고쳐주던 형도 없고
우리들이 '소사'라고 부르던
그 사람도 어디 있는지 모르겠고

쓸데없이 또렷한 것은
새벽밥 지으러 나오신 어머니
부엌문 여닫는 소리
악착같이 따라온 그 학교 종소리

양공주

올 것이 왔다는 듯
마을에 그녀들이 들어왔다
철조망 너머 미군이 있었으므로
공자님도 맹자님도
못 말릴 시대의 물결이었다

전쟁이 멈추자
양양한 앞길을 바라볼 때에―
이런 도도한 노래가
양양 양갈보를 바라볼 때에―
이런 무정한 노래로 되어
철부지들 입에 무심히 오르내렸다
이 역시
못 말릴 시대의 물결

비 오거나
바람 세차거나
철조망 언저리 거래는 이어졌다

밀밭에선 밀이 익고
포구엔 고깃배가 드나들었다

오막집 가까이

모시밭 옆댕이에 외따로
고모네 애옥살이 오막집이 있었다
어둑한 방 안에는 염생이수염
고모부가 노상 앉아 있었다
우리집이 처가였으련만
그는 좀처럼 나타나지 않았다
무엇이든지 가지러
고모만 열심히 드나들 뿐

어머니와 고모가 싸우던 날
피땀이란 말 처음으로 들었다
피땀 흘려 지어놓은 농사여! 하니
고모는 뭐라고 했던가
다 잊었고 삿대질만 어렴풋 남았다
나는 고모네 아들 남기고
잠자리를 잡고 있었다

우리는 노래까지 불렀던가

그것 하나밖에 모르던 노래

잠자리 꽁꽁―

거기 거기 앉아라―

멀리멀리 가면―

똥물 먹고 죽는다―

이층 없는 삼층

일찍 깨우친 한글과
구구단 덕분에
나는 곧장 삼학년 교실로 갔다
이학년일랑 그만두고

쭈뼛거리며 들어간즉
두어 살씩 더 먹은 반 아이들이
나를 돌봐주었다
여간내기 아니라면서

이층 없는 삼층이 왔구나―
그런 야유 소리 없었다

해골

낮잠에서 깨어나니
텅 빈 안방이다
창호지에 비치던 햇살이
점점 사그라진다

방은 어두워오고
웬일인지 꼼짝할 수 없는데
저만치 머릿장에서
웬 해골이 노려본다

나중에 알고 보니
딴 게 아니라
자개로 오려 붙인 포도송이

그 뒤로 나는 무섭증이 나면
속으로 외치게 되었다
해골은 안 무섭다!
해골은 포도다!

글 읽는 선비

갈수록 돈 구경이 어렵자
할아버지는 제과업을 구상했다
어떤 물건을 만들어 파느냐
우선 쌀을 볶아라
볶은 것을 곱게 빻아라
빻은 것을 조청에 버무려라
그래놓으면 괜찮을 게여!
먹을 만할 게여!

어머니는 듣고만 있었다
군산 과자공장 다 망하겠네요!
한마디 내뱉고 싶은 걸
꾹 참고 있다가 나중에
우리들 앉혀놓고 실컷 비웃었다
가소롭구나……
글 읽는 선비들이란……
너희 잘난 할애비 소견머리!

손발 검사

대야 시절 여름날이었다
선생님이 손발 검사를 시작했다
나는 전학 온 아이
내 번호는 맨 끝이었다
살며시 나가서
꼬장물 쫄쫄 흐르는 손발
얼른 씻고 들어왔다
내 차례가 되자
선생님이 칭찬했다
이 아이 봐라, 얼마나 깨끗하냐?

떳떳하지 못한 행동
이내 부끄러웠으나
이미 엎질러진 물이었다

애어른

돈 몇십환에 목숨을 잃다니!
오학년짜리 입에서
제법 어른다운 탄식이 나왔다
나이는 좀 들었다지만

깡통 속에 납을 녹이다가
휘발유를 끼얹어 아이가 죽고
집을 태운 일을 말함이었다

뱃속에 영감이 들었어도
대여섯은 들었다는 친구였다
그 순간 나는
한숨을 내쉬며 세상을 원망하는
그의 식견이 부러웠다

지금은 교회의 장로란다
그 점잖고 의젓함
길게 직업으로 삼은 것인지

기쁨의 순간보다도

어린 가슴에도 못이 박힌다
어느 기쁨의 순간보다도
상처받은 기억이 더 오래 남는다

슬픈 몇날을 견디고
등교하는 길에 동급생이 말했다
느네 형이 꽥 하고 뻗었다지?

몇해 뒤 중학교에서도
그 일로 놀리는 아이가 있었다
형이 폐병이니까 너도 폐병이지?

이제는 용서했는가 하면
그 신작로 그 교실이 또렷해서
그렇다고 말할 자신이 없다

어린 날의 술

우리 마을은 바다로 기어들다
그만둔 마을이었다
기차를 타도 버스를 타도
또다른 십리를 걸어야 하는 곳

집에 와 목마르다 투정하면
어머니는 우물물 권했다
그건 말고 달리 목마르다 조르면
중학생 아들을 위해
할 수 없이 막걸리 받아왔다

아니 그 이전부터 나는
담요를 뒤집어쓴 아랫목 단지 속
술 괴는 소리를 사랑했다
일곱살 때 전내기술 마시고
마루에서 굴러떨어졌다

내 마음의 대구

경주로 수학여행 가는 길
말로만 듣던 대구를 지나갔다

가을볕 아래 붉은 사과의
구름밭이 끝없이 이어지고 있었다

차바퀴 아래 자갈 소리도
사과알 쏟아지는 소리만 같았다

오늘은 부자로들 산다지만
차창을 스쳐가던 초라한 간판들

이발소가 틀림없는데
거기는 모조리 '이용원'이었다

신문을 읽는 아이

무시험 입학생에게도
간단한 문제 열 개는 물었다
군산중학 들어갈 때
나는 한 문제를 놓쳤다
금문도는 어느 나라 섬인가?
그런 시사문제
알 턱이 없었다
동네 사람들 말처럼 내가
신문을 좔좔 읽는 아이였다면
모를 턱이 없었다
사람들은 칭찬하기를 좋아한다
한자 많이 섞인 신문
어쩌다 한두 자 읽으면
까짓것 호들갑 섞어서
야는 모르는 글자가 없다고

학교 방문

한번은 할아버지께서
군산중학교 둘러보러 오셨습니다
어디서 구했는지
요강 하나 들고 계셨습니다

수박처럼 새끼줄로 얽은
사기요강 하나 들고
슈바이처 모자 쓰고
교무실까지만 오셔서 천만다행입니다

이층까지 올라오셨더라면
교실이 발칵 뒤집혔을 것입니다

대통령을 보다

그분은 교무실에 걸린
사진과 같을까 조금은 다를까
태극기를 들고 신작로에 늘어서서
아이들은 그게 궁금하고
코스모스들도 그게 궁금한데

바로 그때
검은 승용차 몇대가 휭! 지나갔다

허망하기 짝이 없었으나
얼핏 보기는 보았다
꺼질 듯 말 듯 실눈으로 웃으면서
길가의 우리들에게
손을 흔드는 노인을

하얀 머리카락 몇오라기
나부끼기도 했던가

노인과 양귀비

봄이면 으레 두어 두렁쯤
새빨간 꽃바다에서 시비가 일었다
앵속이란 말이 낯설었다

붙들어갈 테면 붙들어가라고
노인이 큰소리를 내면
허허 참, 하면서
지서 순경들이 물러갔다

꽃 떨어진 씨방에서
이슬 같은 걸 대나무칼로 긁어
보물인 양 간직하다가

저기 사람이 다 죽어간다고
누군가 달려와 사정하면
노인은 아깝다는 듯
코딱지만큼 떼어주는 것이었다

세무서원과 붓장수

사람들은 남의 말을
듣기도 하고 안 듣기도 한다

밀주단속 나온 세무서원은
어머니가 술 있는 단지 가리키며
열어보시오, 해도 안 열어보고
딴 것만 열어보았다

서당에 온 붓장수 영감은
훔쳤나 뒤져보시오, 하는 녀석
과연 샅샅이 뒤져
내복 속에 감춘 것 찾아냈다

어린 날의 바다 2

바다는 위험한 곳이었다
나는 그렇게 배웠다
정이나 보고 싶으면 장뚝에 가서
물 빠진 개펄 바라보았다

뻘밭엔 저마다 제 구멍 빠져나온
게들이 해바라기하고 있었다
눈이 부시다는 듯
제각기 집게발을 쳐들고

해설피 슬금슬금
지도를 그리며 밀물이 들어오고
물 따라온 새들이 끼룩끼룩
먹이를 찾아 기웃거리면

게들은 그제야 할 수 없이
제 구멍으로 기어들고
나도 저녁연기 자욱한 고래실
내 집으로 기어들었다

철모르장이

군산이란 데는 어떻게 생겼나
아이는 그게 궁금한데
어른들은 말했다
나중에 가보면 안다고

어둑한 헛간으로 뒤안으로
혼자 하는 숨바꼭질도 시들하면
아이는 마루에 드러누워
서까래 밑 제비집 바라보았다

드럽게 먼 길

제 밥은 제가 챙겨야 한다
그렇다고는 하지만

풀잠자리같이 가냘픈 것이
도시락보자기 손가락에 꿰어들고
이리 한 바퀴
저리 한 바퀴 돌리면서
타박타박
걷던 십리길

드럽게는
드럽게는 먼 길이었다

매란국죽

국화밭에 떨어지는 햇발
눈부신 날입니다
온 집안 문짝 떼어내어 목욕시켜
문종이 새로 바르는 날은

까만 문고리 옆에
어린것 손바닥만한 국화잎 한장
반드시 들어갑니다
심심하지 말라고

날 지나고 철 바뀌어
모기 죽은 모기 피
빈대 죽은 빈대 피
대나무 난초 잎새 생겨납니다

나가 놀기 추운 날
오들오들 벌 받는 오줌싸개
침 발라 구멍 뚫습니다

바깥에 눈 오시는 것 내다봅니다

대단할 것 없으나마
매란국죽(梅蘭菊竹) 한폭입니다

삭발

입학하기 얼마 전입니다
이제는 삭 깎아라!
우리집 늙은 호랑이 명령 받고
머리 깎으러 갔습니다
거역은 못하고 징징 울면서

중 중 때깨중!
모시밭에 걸레중!
애들이 오죽이나 놀려먹을까

나는 죽기보다 싫어서
조금만 길게 해달라 사정했지만
나를 데려간 형이란 작자도
일절 협조 없었습니다
그냥 밀어주시오, 했습니다

도리 있습니까
참담한 알대가리로 걸어나와
두려운 세상 맞닥뜨렸습니다

물꼬를 보다

할아버진 공맹노장은 알아도
사춘기 같은 건 인정허들 않으셨다
그냥 개코였다

논에 가서 물꼬 보고 오너라
그런 말이나 한마디 던지면

삽 끌고 나간 손자놈은
세상에 천사가 따로 있질 않아서
간들간들 논머리 스쳐가는
가시내 하나 때문에

물꼬고 개코고 얼이 빠져
논두렁에 얼어붙기 일쑤였다

관계

한번은 이장 마누라가
어머니와 상의하는 눈치였다
어린 내가 있거나 말거나
성님, 어쩐대유……
또 애가 들어섰어유……
낳아놓은 것들 키우기도 심난한데
한걱정을 만났다는 것이었다

지혜롭고 현명하다는
어머니가 뭐라고 대답하는지
가만히 들어보고 싶었으나
어머니도 뾰족한 수 없는 눈치였다
기다란 한숨이나 내쉴 뿐
그러니께 그놈의 관계……
안 맺고 살 수도 없고……

하늘색 편지

열일곱, 첫눈 오던 날이었다
잠시 빌리자던 찬송가 책갈피에
하늘색 편지가 들어 있어
성가 연습 제대로 할 수 없었다

전등 매달린 전봇대 아래서
읽어볼까 하다가 참았다
아꼈다 보려고 집으로 달렸으나
가서도 이내 뜯어볼 수 없었다

푸른 길

마당에 소달구지 서 있는 동안
나는 마지막으로 그애를 만났다

다디단 바람이 끝없이 밀려가는
보리밭길을 우리는 함께 걸었다

멀리는 못 걷고 동무들 소 먹이던
장뚝까지만 겨우 갔다 돌아온 길

아직도 물결친다 수십년이 지나
다디단 바람이 불어오지 않는데도

함경도 사내

글 읽는 할아버지 등에 붙어
쉬양 나가! 쉬양 나가!
나는 졸랐다
수양(修養)인지 휴양(休養)인지 그건 모르지만
흰 서리 수북한 뒤통수
사내 비린내가 코끝에 남았으니
놀랍다
호랑이 찜쪄먹을 그 함경도 사내가
나를 업어주기도 했던가

얼마 안 가서
그는 당연히
작대기를 들고 나를 몰았다
어린 조카와 싸운다고
대갈빼기를 마스겠다며
나를 몰고 동네방네 누비었다

쉬운 시의 미덕
박경원

지난해 정월, 심호택 시인이 불의의 사고로 세상을 떠났다. 그가 작고하고 나서야 나는 그와 내가 친동기간 비슷하게 가까운 사이였음을 새삼 느꼈다. 나는 누구의 의견을 물을 것도 없이 의당 그래야 하는 것처럼 그의 작품 정리를 맡아야겠다고 생각하였고, 유족들도 수긍해주었다.

시인은 세상을 뜨기 2년 반 전 즈음부터 다섯번째 시집을 준비하고 있었다. 그리고 열흘 전쯤에는 퇴고와 편집이 마무리되어서, 조만간 출판사에 원고를 보내겠다고 했었다. 상을 치르고 나서 알아보니 떠나기 이틀 전에 출판사에 시집 원고를 보낸 상태였다. 그 무렵 그는 정년퇴임을 2년가량 남겨두고 있었는데, 생전의 계획으로는 2010년에 우선 다섯번째 시집(이 시집의 발문을 내가 쓰기로 2008년에 그와 약속했다)을 내고, 퇴임에 즈음하여 자선시집을 내고, 그다음으로는 그의 첫시집 『하늘밥도둑』에서 다루었던 유소년기의 고향 마을과 그곳 사람들의 이야기를 묶어 『하늘밥도둑』의 속편이라 할 수 있는 시집을 내고, 그다음에는 '시가 저절로 더 써지면 쓰고 아니면 말겠다'고 했다.

나는 그가 평소에 자신의 시편들을 어디에 어떻게 보관하고 관리하는지를 잘 알고 있었으므로, 상을 치른 삼사일 후에 그의 딸과 아들과 함께 미발표 유고와 더불어 다섯번째 시집을 편집하는 과정에서 고려하다가 포함하지 않은 원고들, 미래에 태어날 시편의 모종이라고 할 수 있는 메모들을 수습하였다. 미발표 유고가 30여편 남짓(이것이 그가 퇴임 후 내려 했던 『하늘밥도둑』 속편에 해당하는 시편들이다), 다섯번째 내려던 시집에서 밀려난 원고들이 20여편 남짓, 메모 수준의 것이 10여개 남짓 있었다. 출판사와 상의한바 다섯번째 시집 원고에 미발표 유고 30여편을 더하여 유고시집으로 내는 것이 어떻겠느냐는 의견을 들었고, 유족들에게 동의를 얻어 수락했다.

내가 발문을 쓰기로 그와 약속한 다섯번째 시집은 이 유고시집의 1·2부에 해당한다. 그가 익산 시내 아파트에서 살다가 2003년 봄에 여산면 원수리로 거처를 옮기고서 2009년 초까지 6년 동안 도시 근교 농촌 마을에서의 삶을 쓴 시들이 1부를, 같은 시기에 쓴 다른 시들이 2부를 이룬다. 여기까지가 본래 내가 언급하기로 약속했던 구역이다. 그런데 그가 갑자기 세상을 뜨는 바람에 다섯번째 시집이 유고시집으로 성격이 바뀌면서, 그의 구상으로는 여섯번째 시집에 속하게 되었을 시편들이 이 시집의 3부에 앉혀지게 되었다.

*

그는 나와 대학 동문이다. 그렇기는 하나, 그가 대학을 마치던 해에 내가 대학에 들어갔으므로 서로 엇갈려서 우리는 사실 만날 수 있는 처지가 아니었다. 그런데 만났다. 내가 2학년이 되던 해 봄에 '외대문학회'라는 써클에 들어가서의 일이다. 아니, 정확하게 말하면 외대문학회 사람들이 일주일에 적어도 2,3일은 출석하는 '할머니집'이라는 곳에서 그를 만났다. 일주일에 한 번 공식적인 합평회가 있었으나, 저녁 무렵이면 어느날이라도 할머니집에서 문학회 사람 누군가는 만날 수 있었으므로 학교 써클룸보다는 그곳이 더 써클룸 같던 시절이었다. 어느날 어느 선배가 그에게 인사를 시켰고 나는 당연히 인사를 했다. 그후로 그해 가을까지 그 술집에서 나는 그를 한 예닐곱 차례는 본 듯하다 (그때 그는 학교를 졸업하고도 학교 앞에서 기숙하고 있었다). 기억은 없으나 볼 때마다 인사를 하였을 것은 당연지사. 그러나 인사하는 것 이외에 내가 그와 말을 섞어본 적은 거의 없다. 그는 거기 와서 내 선배들 몇몇과만 어울렸기 때문이다. 짐작해보면 당연한 일이다. 그는 나를 보러 거기 온 게 아니라 내 선배들을 보려고 거기 온 것이니. 4년 후배인데다가 나이로는 일곱 살 차이나 나니(나는 아직 십대이고 그는 이미 이십대 중반에 회사 사람이었다) 나처럼 어린 사람하고 무슨 말을 섞을 일이 있었겠나?

그리고 그로부터 17년 뒤인 1989년 봄에 우리는 다시 만난다. 고등학교를 졸업한 이듬해부터 18년 동안 서울 생활을 하다 아버지가 돌아간 해에 다시 고향 익산에서 살게 된 나는, 고향은 고향이지만 이제 인연의 끈이 거의 끊어졌다고 생각한 나머지 작은 인연이라도 되살리고자 그를 찾는다. 그의 직장으로 전화를 하고, 약속을 잡고, 만난다.

4월 하순 무렵의 바람도 별로 없는 따스한 오후. 그가 사는 시립아파트 단지 건너 소나무 몇과 잡목들이 듬성한 자그마한 동산에 자리를 잡고 내가 내려오게 된 사정을 먼저 이야기한다. 그다음에는 언제 어떻게 이곳으로 오시게 되었느냐고 묻는다. 세 해 전 봄에 옮긴 일자리를 따라왔다고, 고향도 가까워서 좋다고 그는 대답한다. 가끔 뵙고 싶다고, 그렇게 하자고, 이야기 나누는 가운데 나는 '당연히', 글은 좀 쓰시느냐고, 아니 안 쓴다고, 그러면 강의는 어떤 걸 하시느냐고, 전공이 프랑스 시라서 그걸 한다고, 이런 이야기도 한다.

여기서 나는 내처 한 걸음 더 나간다. 주제를 넘는 일이기는 하나 주제를 넘는 것이 내 성정인 탓으로. 교수면 자기 시간이 엄청 많은 직업인데 남는 시간에는 무얼 하시느냐고, 한국에서 불문학을 한들 대단한 불문학 연구성과를 내오기는 어차피 매우 어려운 일 아니겠느냐고, 그러니 이를테면 노는 입에 염불하더라고 마침 전공도 시이니 시를 좀 써보시는 건 어떻겠느냐고, 그야말로 주접을 떨었다. 나는 이때까지도, 그후로 그가 작고하기 서너 해 전까지도 그가 외대문학회 선배인 줄로만 알고 있다가(그렇게 생각할 만한 이유가 없는 것도 아니고, 문학회 다른 동기들도 그렇게 알고 있었다), 우연히 다른 이야기 끝에 나 혼자서 멋대로 그렇게 생각하고 있었다는 사실을 확인하였다. 만일 이때 그가 문학회 선배가 아니라는 사실을 알고 있었다면, 동창회 같은 데 나가기를 싫어라 하는 내가 동문이라는 이유만으로 일부러 그를 찾지는 않았을 것이다. 우연히 그와 만났다 하더라도 감히 시를 좀 써보시는 건 어떻겠느냐는 따위 소리를 늘어놓지는 더더욱 않았을 것이다. 아무리 주제를 넘는 것이 내 성정이라고 하더라도.

그러고는 그 이후로 가끔씩 그를 만났다. 한 달에 한두 차례, 아니면 두세 차례씩. 이 와중에 내가 먼저 알고 지내던 정양 선배, 화가인 엄택수 선생, 안도현 선생(실은 그를 안 것도 호택이 형을 다시 만나기 서너 달 전의 일이다) 들과 어울리게도 되었다(그로부터 두세 해 뒤에 김영춘 선생이 여기에 합류한다). 그런데 그해 초가을 무렵, 그가 시 7,8편을 들고 나를 찾았다. 한번 써보았는데 어떻겠느냐고. 나는 정중하고 성실하게 살펴보고, 솔직하고 진지하고 꼼꼼하게 말씀드렸다. 계속 써보시라는 말씀도 함께. 이후로 그와 작별하는 날까지, 그와 내가 만나는 데에는 문학적 현안 처리가 주요 사무로 자리를 잡게 되었다. 그와 작별한 이후 이 글을 쓰는 지금까지도.

*

그의 시는 쉽다. 쉽기 때문에 사람들이 접근하고 소통하는 데에 별다른 장애가 없다. 동원되는 소재들이 경험과 감성에 의존한 것이기 때문에 어우러져 느끼고 널리 퍼지기에 좋은 조건이다. 여기에 더하여 그의 시에는 사람이 있고 사람살이의 이야기가 있다. 그것도 아무 사람이든 일상에서 같거나 비슷한 경험을 했을 법한 그런 사람 그런 이야기들이다. 이런 것들이 그의 시를 지탱하는 근본적인 힘이다.

그의 시에는 생동감이 있다. 예상을 배반한 난데없는 솔직함이나 직설어법에서 오는 웃음, 실제와 기대치의 편차에서 오는 슬픔, 지나치지 않을 만큼만 자신을 방기하는 데에서 오는 조마조마하거나 나른한 쾌락, 서로 속셈이 다른 생각들의 조우. 이런 것들이 그의 시에 생생함을 가져다

준다.

그의 시는 간결하다. 논리화 과정이 단순하여 쉽게 명료함을 얻는다. 시상을 전개하는 과정, 즉 설득력을 얻는 과정에서 행보와 보폭이 적절하게 조절되고 있어서 쉽게 객관화된다. 시인과 시적 대상 사이의 간격을 잘 절제하고 있어서 간혹 모자랄 수는 있어도 넘치는 법은 없다. 그의 시에 쉽게 고개를 끄덕이게 되는 또다른 이유이다.

그의 시에는 교언영색이 없다. 자신을 감추려는 경향은 좀 있지만 정직하고 진솔한 편이다. 자신을 부풀려 실제 이상으로 크게 보이려 하지 않는 것은 물론, 기발한 생각 따위에 쉽게 마음을 빼앗기지도 않는다. 이것이 그의 시를 때로는 소박하게도 때로는 아기자기하게도 만든다.

*

첫시집 『하늘밥도둑』(창작과비평사 1992)은 좋은 평판을 얻은 시집이다. 평판에 걸맞게 참 좋은 시집이었으니 그는 첫시집으로 이미 아무 시인이나 누릴 수 없는 성취와 기쁨을 누렸다. 여기에서 그는, 나중의 그의 시편들에서도 줄곧 나타나는 시작상의 모든 특징들을 드러냈다. 특히 말하고 싶은 것은, 그가 처음 시를 쓰던 무렵에는 그다지 의식하거나 의도하지 않았던 어떤 사실이, 시작이 점점 진행되고 시편들이 쌓이는 동안에 의도성을 갖추기 시작하더니, 한 권의 시집으로 탄생하는 시점에서는 마치 기획에 의한 결과물인 것처럼 명백한 의도를 띠게 되었다는 사실이다. 이로써 시집 전체를 아우르는 통일성이 얻어졌으며, 시집 안의 시편들에도 어떤 전형성이 주어져 한편 한편이 더욱 돋보이게 되었다. 짐작건대 이렇게 될 수 있었던 데에는 두 가지 이유가 있다. 내 가슴이 뛰어야 남의 가슴도 뛰게 할 수 있는 것이니, 그가 시를 처음 쓰기 시작하던 무렵에 그의 가슴을 뛰게 한 것이 그의 과거태인 유소년기의 기억에 집중되었다는 사실과, 그의 유소년기가 1990년대 초반의 이 나라 사람들 대부분이 공유할 수 있는 기억인 농업경제 시절의 농촌공간이었다는 사실이다. 그의 시작상의 특징들이 적절하고 탁월하게 구사되는 바탕 위에 이런 통일성이 더해지니, 시편들에 그려진 내용이 일정한 시기 일정한 공간에 사는 사람들의 전형적인 모습으로 되었다. 전형성을 얻은 것이다. 이러니 그가 이 시집으로 누린 성취와 기쁨은 당연한 것이기도 하다.

두번째 시집 『최대의 풍경』(창작과비평사 1995)은 한 발을 『하늘밥도둑』의 세계에 디딘 채 다른 한 발을 어디로 내디며 다른 세계로 나아갈 것인가를 모색한 시집이다. 그 모색이 충분히 무르익지 않았는지 한 발이 디딘 곳은 『하늘밥도둑』이 분명한데 다른 한 발은 여기로도 내밀어보고 저기로도 내밀어보느라 족적이 흐릿하고 어지럽다. 다른 세계로 나아간다는 것은 다시 말하면 존재가 이동하는 것인데, 시에서의 존재 이동이란 당연히 시작상의 특징에 있어서도 변화를 동반하므로 자신의 어법도 바뀌어야 하며, 더 근본적으로는 자신이 실제로 다른 세계로 나아가야 가능한 것이다. 그러다보니 그에게는 이 시집이 '마음은 그게 아닌데 몸이 따라주지 않는' 것처럼 되었다. 이렇게 말하고 보니 이 시집이 부족한 것처럼 여길 사람도 있겠으나 그렇지만은 않다. 이 시집에서도 여전히 시작상의 절제와 생동감이 발휘되어 시편 하나하나의 완성도는 높은 편이다. 사실 그가 이 시집을 내려 했을 때 나는 '좀더 기다려보자, 좀더 기다려야 한다'고 하면서 만류했다. 아무튼 다른 세계를 모색하려는 태도는 중요하다. 변화하지 않는 것은 정체되어 생명력을 잃을 것이기 때문이다.

세번째 시집 『미주리의 봄』(문학동네 1998)은 안식년 기간에 방문교수로 머물렀던 미국 워싱턴대학교에서의 1년 동안의 생활을 엮었다. 시작의 특징은 『하늘밥도둑』의 것으로 돌아왔으나 시의 소재가 그와 다를 뿐이다. 이 시집에서 그의 시는 다른 세계로 나아가는 것을 고려하지 않기로 마음먹은 듯하다. 사실 이게 정직한 태도인지도 모른다. '몸의 인간'으로서는 몸이 움직이지 않는데 마음이 알아서 혼자 움직인다는 건 불가능하거나 지난한 일일 것이다. 유체

이탈이라는 게 있다지만, 본질적으로 시에도 '몸'이 있기 때문에 정신만의 경공술을 믿기는 곤란하다. 그렇다 해도 『미주리의 봄』에 '사람'과 '사람살이'가 있는 것은 분명하다. 전체적인 통일성이나 시작의 특징에 있어서도 『하늘밥도둑』에 뒤질 것이 없다. 그러나 시편들이 시대적인 전형성을 얻었다고 말하기는 곤란하다. 전형성이란 아마도 시인 혼자만의 노력과 능력으로 얻을 수 있는 물건이 아닌 때문일 것이다. 함께 사는 사람들과 기억이나 경험, 고난과 기쁨을 공유한다는 전제 위에서 가능한 것이 전형성임을 『하늘밥도둑』이 보여준 바 있다.

네번째 시집 『자몽의 추억』(청하 2005)은 의도된 시집이다. 이 시집은 두번째 시집 『최대의 풍경』 출간을 준비하던 시점에 이미 구상하고 있었던 것이다. 그때 그는, 내가 『최대의 풍경』 출간을 만류하니 아마도 나를 설득할 요량으로 이 시집을 내밀었던 듯싶다. 나는 그의 구상을 듣고 내심, 육욕의 구현, 육욕의 실체, 육욕의 본질에 대한 사유, 금기를 넘어서…… 따위를 상상하고 감탄하면서 '좋은 구상'이란 말을 연발하였으나, 이건 이거고 저건 저거여서 두번째 시집 출간을 말리는 일 역시 그만두지는 않았다. 아무튼 이 시집을 준비하는 과정에서 원고를 보았는데, 내 상상과는 달리 적당히 점잖고 적당히 변죽만 울리는 정도여서 흔쾌하지 않았다. 그러나 내가 뭐란다고 써놓은 것을 책으로 만들지 않을 것은 아니므로, 나는 예전과 달리 매우 완곡하게 나의 불만을 피력했다. 내 상상과 기대를 접는다면 이 시집도 '적절하게 점잖고 적절하게 가벼운 것'이어서 그만한 재미는 있다. 아무튼 "자몽의 추억"은, 말이 안되게도 그에게 내가 '박경원'을 원하니, 말이 되게도 그가 나에게 '심호택'으로 대답한 시집이라고 하겠다. 말이 안되게도 그에게 내가 '지금까지 볼 수 없었던 다른 세계'를 보여달라고 하니, 말이 되게도 그는 나에게 '알맞게 통제된, 이런저런 재미가 있는 세계'를 보여준 셈이다.

본래 예정했던 다섯번째 시집은 이 유고시집의 1,2부에 해당하는 시들인데, 서로 그런 이야기를 나눈 적은 없으나, 아마도 그는 사실 1부에 해당하는 시만 가지고 시집을 만들고 싶었던 것 같다. 그런데 편수가 한 권을 만들기에는 부족해서 1부의 시편들을 쓰던 시기에 썼던 다른 것들을 2부에 넣은 것이다. 이렇게 말하고 보니, 세상을 뜨기 전 몇 년 동안의 그는 시를 집중적으로 써내지는 않은 듯하다. 기간에 비하여 생산량이 줄었고, 새로운 세계에 대한 꿈보다는 친근하고 편안한 세계에 안착해 있는 모습이다. 아마도 1부에서 다루고 있는 도시 근교의 농촌 생활에 잘 적응하면서 세상살이 자체에 더 재미를 느끼고 있지 않았나 싶다. 이런 변화는 그가 시인이라는 점에 비추어서는 섭섭한 일이지만, 그가 사람이라는 점에서는 자연스러운 일이다. 정년을 앞두었고 지금까지와는 많이 다를 수밖에 없는 인생을 준비해야 하는 시기였다. 그러나 그는 갑자기 세상을 떠나고 말았다.

본래 예정했던 여섯번째 시집은 그 일부만 씌어져 이 유고시집의 3부에 묶였다. 굳이 이야기한다면 이 시들은 내용상 첫시집 『하늘밥도둑』과 같다고 할 수 있다. 그러나 같아도 마냥 같기만 한 것은 아니다. 시는 같은데 느낌은 달라졌다는 말이다. 『하늘밥도둑』과 이 유고시집 3부의 시들 사이에는 거의 20년의 시간이 가로놓여 있어서일 터이다. 조심스럽지만 『하늘밥도둑』이 구현할 수 있었던 전형성은 오늘의 세상에서는 이제 거의 사라졌다고 말해도 무리가 없을 듯싶다. 세월이 흐르면 세상이 바뀌고, 세상이 바뀌면 세상에 대한 생각과 태도도 바뀐다. 지난 기억과 경험은 물러나고 새 기억과 경험이 그 자리를 차지한다. 이건 말할 나위 없이 지당한 이치이다. 여기에 더하여 지금은 세상이 바뀌어도 너무 빠르게 바뀌고 있다. 그렇기 때문에 지금, 이 세상에서 나는 그의 시를 찬찬히 읽는다.

朴敬元 | 시인

1947년 2월 21일 전북 옥구군(현 군산시) 옥서면 하제에서 부 심의경
과 모 박재홍의 2남 1녀 중 막내로 태어남. 부친의 이른 별세
로, 한약포를 운영하며 서당을 겸했던 조부 청파(靑坡) 심능진
(沈能進)의 슬하에서 자라며 서당에서 한학을 배움.

1953년 6세 옥봉국민학교 입학.

1959년 12세 군산중학교 입학. 입학 후 얼마 동안은 기차 통학을 하였
으나 곧 군산 시내에서 하숙생활을 시작함.

1962년 15세 군산고등학교 입학.

1968년 21세 한국외대 불어과 입학. 조부 별세. '황마회(黃馬會)'라는
반독재 민주화 운동 써클에서 활동. 회원은 아니었으나 외대
문학회(당시 명칭은 '화전(火田)문학회')에도 자주 출석함.

1972년 25세 한국외대 불어과 졸업. 알스톰 프랑스 사에 통역 겸 번역
사로 입사.

1973년 26세 대한알미늄(주)에 통역 겸 비서로 입사. 업무상 전라남도
에 많이 머무름.

1977년 30세 현대종합상사(주)에 3급 사원으로 입사해 주로 빠리 지
사에서 근무함.

1979~80년 32~33세 서울 알리앙스 프랑쎄즈에서 프랑스어 강사로
일함.

1980년 33세 2월 친지의 소개로 만난 정주현과 결혼. 한국외대 대학
원 불어과 석사과정 입학.

1981년 34세 4월 조선대 불문과 전임대우로 강의 시작.

1982년 35세 3월 딸 혜리 출생. 한국외대 대학원 불어과 박사과정 입학.

1983년 36세 4월 조선대 불문과 전임강사로 임용되어 서울과 광주를 왕복하는 생활을 시작.

1984년 37세 5월 아들 상욱 출생.

1986년 39세 3월 원광대 인문대 불문과 조교수로 임용. 익산으로 이사. 이후 줄곧 이곳에서 강의함.

1987년 40세 「폴 베를렌느 연구: 모색과 좌절의 시학」으로 한국외대에서 문학박사 학위 취득.

1989년 42세 초여름 무렵부터 시쓰기 시작. 시인 정양, 박경원, 안도현, 김영춘, 화가 엄택수 등과 교유.

1991년 44세 『창작과비평』 겨울호에 「빈자의 개」 등 8편을 발표하며 등단.

1992년 45세 첫시집 『하늘밥도둑』(창작과비평사) 간행. 민족문학작가회의 활동에 참여함.

1995~96년 48~49세 안식년을 맞아 워싱턴대학교(미국 미주리 주 쎄인트루이스 소재)에 방문교수로 재직.

1995년 48세 두번째 시집 『최대의 풍경』(창작과비평사) 간행.

1997년 50세 정양, 김용택, 이병천, 안도현 등과 함께 민족문학작가회의 전북지회 창립에 참여.

1998년 51세 세번째 시집 『미주리의 봄』(문학동네) 간행.

2003년 56세 3월 익산 근교의 여산면 원수리로 거처를 옮겨 농촌 생활을 시작함.

2005년 58세 네번째 시집 『자몽의 추억』(청하출판사) 간행.

2010년 63세 1월 30일 새벽, 동료 교수의 상가에 문상을 다녀오다 교통사고로 타계.

정리·박경원

심호택 유고시집

원수리 시편

초판 1쇄 발행 / 2011년 1월 30일

지은이 / 심호택
펴낸이 / 고세현
책임편집 / 이상술
펴낸곳 / (주)창비
등록 / 1986년 8월 5일 제85호
주소 / 413-756 경기도 파주시 교하읍 문발리 513-11
전화 / 031-955-3333
팩시밀리 / 영업 031-955-3399 편집 031-955-3400
홈페이지 / www.changbi.com
전자우편 / literat@changbi.com
인쇄 / 한교원색

ⓒ 심혜리 2011
ISBN 978-89-364-2720-7 03810